歌集

忘憂賦

鮫島満

飯塚書店

歌集『忘憂賦』

鮫島　満

目次

自序

本集は私の第六歌集である。

私の歌は問われず語りと言っていい。時事詠が少ないのはそれが問われ語りになるからである。無言の問いに応じた問われ語りもあるが、これとても呟きに等しい。

前集に比して新たに見るべきものがあるとすれば、それは所属する月虹の会の会員諸氏との真摯な研鑽のたまものである。

日ごろ作歌のなかで心がけていることは観入を怠りなく実践すること、的確なことばを求めることであるが、この気持ちをを失わない間は歌から離れることはあり得ないという気がしている。

制作に際して飯塚書店の方々の親切に助けられた。感謝する次第である。

二〇二〇年三月

鮫島　満

藪柑子

――二〇一二年――

雨上がりの街にたちまち射しきたる光に角の菓子屋は明る

少女らは無頼の風に吹かれをり包む憂ひをほろほろこぼし

塀越ゆる一策得ずて戻るらむ猫は夕日に影ほそきかも

観賞と実用のもの植ゑてゐる庭にはときに害鳥が下る

日のにほひからだに塗りて帰りこし猫は板間に腹波打たす

藪柑子の朱き実くはえ飛びたつは今年一号の盗賊にあり

掻き疵を残さずはやまぬ習ひなれ許さふべしやけふの狼藉

街映すテレビの画面につと見えし花は何なる青く揺れゐし

日たむろ

この円き日たむろに鳥も猫も来よ拙者はそろり席を譲らう

わが庭に花の香のなき二月往ぬおもへば清き風流れゐき

寒に耐へ少しく伸びゐるものの芽を手もなく鳥に食らはれにけり

かさぶたの如く枯れたる銭苔が三月の雨に青みをもどす

地に籠もる虫おどろかし人厭うこころ緩ぶる風よ来よかし

山颪に堪へて地中に育ちゐる孟宗の子をいち早く食ふ

花咲かせぬ爺いつまでゐるならむ弥生半ばにまだ梅を見ず

今宵食ふ馬刺うましも飾られゐる象形文字の馬跳梁す

雷が雹ともなひて過ぎぬとは川渡り来し酒徒の報告

志村より神田日比谷経て愛宕までの長きルートが都電にありき

白山の坂あがるとき喘ぐごと揺れゐし黄色の都電なつかし

駕籠町も曙町も電停の名なりしかど消えてしまひぬ

昭和四十二年師走ああ都電銀座通りを走らずなりき

一路線のみになりたる東京の路面電車よゆつくり走れ

なつかしき発車の鐘は紐を引き打つ仕掛けなりきチンチン電車

帰帆

過ぎてゆく貨車の後尾の音ならむ二度寝の耳を遠ざかりゐる

わがめざす居酒屋の屋根の上に見えマストは波のまにまにし揺る

残光のなかに点なす帰帆ありやがてまぶしき影近づきぬ

わが立てる橋の下流に橋はなく帆柱高き船もやひをり

対岸の魚市場より蠅が来と嘆く主は逐はむともせず

姿またさよりといふ名の愛しけれど腹中の黒き膜にがきかも

青袋のぶらり下がるを思ひつつ糸瓜植ゑたり棚補強して

千成りは願はずせめて五本なりと成れと今年も苦瓜を植う

願はくは元を取りたし七百円かけし蔓物四本にいふ

ある人は茗荷の苗を買ひゆけり針の芽護る手つきやさしく

売れ残りの胡瓜の苗は店先のノボタンの木に蔓を掛けたり

子規の貌

またの名を獺祭書屋主人といふ子規の貌つきカハウソに似る

娶ることなかりし子規が配の字をつまと訓めるを見出でぬ　あはれ

妻あらばとうたひし子規の足なへを切に嘆ける歌ぞさびしき

みづ音のなかに咲くはな川知らず峰に咲くはな見めぐりきたり

天を向く花より幹のうつくしき令法《りやうぶ》に朝日さしわたりゐる

立房の白き蕾を掲げ立つ白雲木に清き風吹く

オキナグサに翁の髪はあらはれてひさかたの陽に銀にかがよふ

昆虫の関節の如きふしをもつつゆくさは重く蕊を支ふ

あそび場に出でたらむ子らの蜩沸《てうふつ》の已《や》まぬ歓声かぜに乗り来も

ナラの木の群落の丈超えて立つ合歓咲きにけり陽を遊ばせて

狐の茶袋

藤純子引退記念の関東緋桜一家封切りにて見き

遣ひして『青南集』の刷り立てを文明に届け労《ねぎら》はれけり

手を擦るとも足を擦るとも許すまじ銀に装ふ態度が憎い

隠語ならね六一銀行などいふを若きはすでに知りてはをらじ

親切の忝くもなけれども受けてがら空きの座席にをりぬ

中入りに立つ人あればつれションといふ略語など思ひつらなる

人の耳の味は知らねど歯ざはりはきくらげにこそ似るべかりけれ

張り持てる狐の茶袋やがて噴く粉を碾きゐむ秋分すぎて

根切り虫に瓜枯らされしわれはけふ値切り虫になり古本漁りぬ

聖護院の径五寸など序の口ぞ桜島大根《でこん》は一尺を越す

オイお茶とオーイお茶とのちがふこと考へゐしに冷めてしまひぬ

風の形相

冬猫の利用あれこれ足温器または湯たんぽの代はりによろし

死かばねを冠として負へる字の屁を見てゐしに催しにけり

もろもろの汚れ浴びゐむものを食ふ全き除染のあらばこそとて

蝶を採りとかげを捕りて鍛へたる仔猫はつひにメジロを獲りぬ

厨べに朝日が射せりどの匙も銀の光をこぼさずすくふ

鏡あれば老いにし顔を映すなりなに改むるといふにはあらね

谷にゆくもみぢ葉を巻き上げて吹く風の形相水に映れり

砂原に波の模様のかそかなりわが悲しみの名残とぞ見る

魔法瓶が一気に死語になりさうな気がして円き肩を撫でたり

血統を科学が言へば吾に来なむ脳梗塞を今宵は怖る

檻のなかのゴリラよ言うても詮なきにあれどそびらがあまりにさびし

檻に差す冬陽を受けて立つ獏のきびしき貌にゐたたまれずをり

捕らはれしものらの園を出できたり鳥獣のこゑ耳を去らぬも

屋根に猫の眠る写真は坂下のあの家なみを撮りしにあらむ

空映すなからむ水と海に出づるなからむ魚と見つつさびしゑ

赤電車

赤電車の揺れゆく音を詠んでゐる島木赤彦古泉千樫

赤彦は門づけふたり赤電車に乗りくるさまをわびしく詠めり

赤電車に三味を抱へて眠りゐる女を詠める古泉千樫

晴れがましく飾りたてられ通りゆく花電車にし拍手送りき

乱鴉

――二〇一三年――

大寒を過ぎしにいまだ咲き継げる皇帝ヒマハリの強さを疎む

侘助は雑兵《ざふひやう》の名らし名品の椿見出だし禄得たりけむ

町内が老いぬるあかし雪降れど雪達磨つひに一体も生れず

ほろぶといふ字が併せ持つ火と水をいにしへゆ人は怖れきたりけむ

庭なかに落ち葉を焚くに消えむとすすなはちあふぎて炎を励ます

昨夜の雪にけさの陽が射し夕べには光を知らぬ雪がまた降る

摘みてむとおもひゐしつぼみ年明けて皓《こう》とひらきぬ古き山茶花

ゆふぐれを穏やかならぬ声に啼く駅前広場の乱鴉を恐る

牢記せしことゆるやかに薄らぎて老いに確実に近づいてゆく

性差なくなりし言葉のオレと僕スカート穿きて往来をゆく

鱗粉のごとく輝く服まとふ媼を避けて席を移りぬ

花むしろ

果物のひとつびとつに過たず灯ともしゆくを時間とぞいふ

若枝につらなり咲くも太幹の粗きにぢかに噴くもうつくし

刺股をもて悪漢をさし押さふる屁つ放り腰の実技を嗤ふ

酔ふほどに猥語は消えて欲がらみの話になれば席起たんとす

専らに口車もて求愛する雄鳥のこゑ谿に響かふ

「老亀」は琥珀色帯び出できたりこの辛口を乾さざらめやも

太幹にすがる手力穴穿つ嘴《はし》の力のただならぬかも

花むしろのイヌノフグリと登りこし吾と仰ぎて日のひかり呑む

見ごろ過ぎとはいへれども強きかぜはひと日をかけて枝清めたり

今宵の酒菜

放射能を浴びつづけなほ森充たす桜の花を涙とおもへ

耄るならむしるがよろし鶫よ染井吉野は所詮あだ花

桜にも雪の山にも夕日にも奪はれし目をまぶたに包む

天空の掃除屋にして空腹の鯉の好物吹きわたるなり

味噌つけて野蒜の丸根食ひにけり臭みに身の毒消たれゆけとて

ニリンサウもヒトリシヅカも花咲くを待たずひとまづ茹でて食みたり

野に摘める芹も三ツ葉もアサツキも今宵の酒菜の主役とならむ

サクラサウの花のかがよひ集めゆくごとく日傘のなか明るしも

明日は果を弾かん力やしなふかカタバミは花を暮るれば閉ぢぬ

霧立たば嘆きの息と思はなむといひけるむかしびとをしおもふ

忘憂薬

毒の花深紅の芥子にとり憑かれ男の死せる顛末を読む

フセヴォーロド・ミハイルヴィチ・ガルシンの「赤い花」にし泣かれてならぬ

家屋敷の範囲を出でぬ猫なればこそ配達の人を知るらめ

よろこびを立ててあらはす尾を持たぬ我にし向かひ猫が尾を立つ

酔臥する人の姿を思はせて猫しどけなく草に寝ねをり

六角の砲弾の果を空に向けカタバミはいま謀議のさなか

子離れの決意を莢に膨らませカタバミはわが掌を撃つ

赤貝の身を俎に打ちつくる技を見る間に燗酒注がる

半酔翁完酔翁がうち揃ひ齢不祥嫗《おうな》の愚痴を聞かさる

一瓢を囲みて花間に憩へりし友のひとりの病むをかなしむ

到来の忘憂薬を過飲して次なるうれひにあはれ苦しむ

川たりし裏町通りに迷ひ出で芥のごとく吾は下れり

泥《でい》に陥ち塊《くわい》に躓くと見えたるを強き人はも裁きを恷ふ

覗き込むものの面をほの照らす泉の縁に鳥の跡あり

そらまきとんぼ

なにか言ふ猫に応ふる自らのこゑのやさしさをふいに怪しむ

四時半には帰つておいでと猫に言ふ声の聞こえて路地明るしも

報告の要約として尾を太くしつつわが猫帰り来りぬ

日々猫が連れきて部屋に放ちやる蜥蜴は壁をたやすく昇る

高級なる扇風機より性能のよき木のうへにわが猫がゐる

いまだそこに上がりしことのあらざらむわが猫ら屋根の鳥をみてをり

ことさらびたる声に鳴く鳥あれば猫は体を低く構へぬ

広場へは楓錦木満天星の葉の色づくを見ずは行かれぬ

秋アカネをそらまきとんぼといふならし紀伊のその里の風さやかならむ

造りかけのままに止みたる道路あり隠すすべなく過失曝さる

街川の石守るごとくゐる鳥を真似る子どものこゑのやさしき

夕凪の河口

この橋に立てば見慣れぬものの見ゆたとへば河原にホースを乾すなど

人の愛を断ちけることもありにけむ吊り橋に立ち若きらはしやぐ

沿ひくだる流れにひとつ土橋あり真新しき藁落ちてゐるなり

草中に径を失して小流の深く映せる空を跨ぎぬ

風に乗りかへるでの実の散らふなり薄き翼に陽をとらへつつ

切り通しは風通す道北ゆ来る棘もつ風の束を走らす

水増せばやがて隠るる丸石はこの日ごろ干て鳥を憩はす

うつくしく姫沙羅といふ名をもちて冬は冬とて裸身を誇る

夕凪の河口は今し研ぎ出だせる木目もようの波広げたり

昆虫が死臭残さぬ清しさよ蒲の穂抱きて一つ乾けり

あを竹の筒にてぬくめ飲む酒を青竹酒《せいちくしゅ》と言ひてたのしむ

葉痕の猿

――二〇一四年――

栃の木の葉痕に見る猿顔は皆みなそろひ笑み浮かべゐる

老いたるを酔余しどろになる人のなき宴席に快くをり

改修の終はらぬままに年明けて庭に零れし塗料白しも

青かびを削りて餅をくふなどもせずなりわが胃弱くなりゐむ

近況を知らするふみの蠅頭《ようとう》の文字はすなはち不安を伝ふ

鎌切の貌

橙の撓ひて土につくひとつ掌にしつつめば陽の温みあり

オジギサウに含羞草の字を当てにける人のこころの慕はしきかも

天体に趣味うすくしてその図譜に射手の姿を探し得ずをり

おほよその星に地上の人の名のあるに親しまずあれはホシクヅ

庭にくる足長蜂の腰細しかやうなるものに見惚るべからず

異星人の顔おもはする鎌切の貌見つむれば美女にておはす

横綱にマンガラジャラブ鶴龍が昇りつめたり浪速の春を

登りこし花狂人《はなくるひびと》のなかにして耳にメジロを密かに探す

連宵にならうと参らねばならぬ幾たびの花見われに残れる

旭寿といふ大辛口の酒をもて港江柳井を記憶してきぬ

歓声を起こす装置として白き砂場ありときに泣きごゑ起こる

クチナハイチゴ

陽に乾く砂地に出でぬ切り通しの道の赤土に靴を汚して

腰上ぐれば流れの見ゆるカーブあり揺れをこらへて窓辺に進む

高きには風吹かぬらし薄雲の描く海波はかたちを保つ

数日まへ野末に入りし陽のけふは海に落つるを旅先に見る

今朝は南無不可思議《ふかしぎ》光《くわう》に輝ける波つぎつぎに巌を越え来

からみ枝ふところ枝は剪るべしと園芸講座の樹木医言へり

無駄にして邪魔なる枝を忌枝《いみえだ》といふとこそ聞け講座の樹医に

地に這うてクチナハイチゴ群れ咲きぬ来月はもうここには来まじ

闇の夜を咲きゐしカラスウリの花朝明けてなほ息づいてゐる

八重咲きが売られゐるなりドクダミも奇種なればとて鉢に植ゑられ

ドクダミの濁音そして十薬の過大評価を今年も疎む

水蓮の鉢水飲むは猫に鳥ときに鎌切脚長き蜂

どの庭も通りも今し火のいろの海紅豆咲く街に来りぬ

莟にて枯れたるが枝に残りをり開落は花のつねなるものを

御止峠《おとめたうげ》

風荒るる日の港には櫛比《しつぴ》なす漁船のきしむ音しきりなり

鎌倉の縁切寺に詣づるに婦人おほしと明治の記にあり

路地ひとつ違へしほどに遅れたるはいふまじましてて美女見しことは

雨樋に鮟鱇という部位のあることを知りてき秘密のごとく

三回の攻防終はるを待ちゐたる男ら並び放尿始む

箱根路の乙女峠は関所ゆゑの御止峠が本義と聞けり

すでにもう絶えたるならむ野遊びのオホバコ相撲知る人来よや

かはゆき黄の花咲かせおそろしき地縛りといふ名を持てりけり

匍匐枝に芝を縫はせて地縛りは庭の一画盗らむいきほひ

蛞蝓《なめくぢ》蝸牛

生酔ひにて出でて歩むに生酔ひの友に遭ひたりその後覚えず

悪習として止みにたる献酬を強ひし男やいかにゐるらむ

酒飲まぬ友病み臥せり百薬は百悪のことと言ひ張りゐしを

百薬の長もやうやう効き目なくなりゆくらしも過ぐれば疲る

無念にも背腸に砂を噛み当てぬこの居酒屋はこれにてさらば

蝸牛が石の鋪道を渡りをり身を鎧ふには脆き殻負ひ

殻を棄て身を護るすべ選びたる蛞蝓けふも避けられてゐる

肉食の蛭と草食の蛞蝓が塩を食はぬをせめてよしとす

木戸口に蝸牛の這ひ跡光をりわが家の何をねぶらむと来し

蝸牛の奇策の果ての形《なり》ならむ全身をもて蛞蝓ぬめる

七尺の高きに明日は開きなむ萏にあつぱれ蝸牛をり

真鱈はも大口魚の名をもちて叫ぶかたちを市場に並ぶ

アイヌびとはエゾモモンガをアッ・カムイと呼ぶらし神と畏れ崇めて

カッパチリ・カムイと呼びてオホワシをアイヌのひとは護れるといふ

午前四時陽が昇りたり六月のオホーツク海日の出岬は

六月のひと日は牧の牛らにも長からむ寝るその数多し

ゆくりなく水面に出づる海鵜はも銀に光るを呑みこまむとす

衆怨にこころを遣らず思ひ込みを強ひるを叱る者はあらぬか

信ずるをくり返しいふは信ぜぬをいふにし似るとなど思はざる

願望ゆ逃れえぬ人を打ちさます風よ吹けかしその頬を打て

私怨晴らす口調にていふ答弁のそのをさなさをあやぶみにけり

あるときはゴジラの影にあるときは駱駝の影に丘の木は見ゆ

芽掻きとも摘芽とも呼ぶ作業をば芽むしりといふはむごきことばぞ

小さなる蛾さへ励まし目守りたり苦瓜の授粉手落ちなくせよ

迎合をせねば生きゆくあたはざる野の花やある野の鳥やある

颪の謀反

よきやうに人に使はれゐる颪の謀叛か今日は傘攫ひゆく

凧を揚げ舟を走らせ授粉する颪の仕事に何を酬はむ

花を服を孕ませときに子を奪ふ風に善悪のけぢめなからむ

火を煽り波を励ましゐる風よ願はくは今宵静かにあらな

街川のよどみに沈む月影を凹めて風の吹きおろしたる

夕されば筆のかたちに花捻づるならひをもちて垣にし絡む

朴の花にほひをるらむ五六階の窓開け放ち見やるひとには

夜嵐の音やまぬなり朱き花を護る芭蕉の葉は破るらむ

目下の鉄気をまとふ沢石に日の当たるときその緋色顕つ

強き水にうごかぬ大き石の間に鰍はハレム構ふとし言ふ

川はらの白き枯れ穂のうへを吹く昼の疾風は光を煽る

川端の大き柳は覚えゐむたとへば女男《めを》の逢ひまた別れ

クリスマスカクタス

戸を漏るる洒々落々の都々逸を歩幅狭めて耳に盗みぬ

半ばまで枕を引いてをれど嘘八百噺の芸に満ち足る

幕間《まくあひ》を幕間《まくま》といふは誤りと言へる辞書あり言はぬ辞書あり

この路地も再開発の浅知恵に蹂躙されて道標倒さる

わが乞ふは亀戸大根塩をもて揉めるは秋の酒によく合ふ

朴葉焼きの肉を食ひつつ月桃の葉に飯包むみんなみおもふ

わがかつて十能買ひし燃料屋はいまだ残れど十能売らず

幻獣の跳梁跋扈を染め抜ける服着て大道芸人は飛ぶ

クリスマスカクタスの葉を連なれる蝦蛄《しやこ》に見立てしは海びとならむ

風景の骨格

――二〇一五年――

ひと枝の気まぐれ許しエニシダは冬庭に蝶のごときを咲かす

蝶つがひの羽のもやうは姫シジミ娘の残したる小物入れ愛《は》し

肥後五木の豆腐の諸味漬けを舐む球磨焼酎に喉を焼きつつ

絶えだえに農林一号残りあり醸されて強き香のよみがへる

蔵元に新酒八種を隔てなく試飲したるに酔うてしまひぬ

試飲も過ぐれば腸の嘆きなり酒呑み大王左手《ゆんで》を縛れ

受け皿に溢れさするは女将にて下戸の主は零さぬ名人

ふわといふ串刺し煮込みは脾臓かとおもへど訊かず追加して食ふ

稗酒に酔ひし話を聞いてをり稗酒を吾も飲みたくなりぬ

カストリがあるなら先にいふがよい先づは茶碗に一杯たのむ

笑はずに聞いてやらうよ酒漬けの豆にて鳥を酔はすといふを

牧牛に牧羊まじり牧羊に牧牛まじり草を食みゐる

夏いまだ雪の残れる山を越ゆ麓の熱気車中に籠めて

ひと年を雪消えぬ山は命護る獣の径を深く匿せり

ハマナスを原生花園に撮る人ら草にかがめば狙撃手のごとし

おだやかに砕氷船はゆれてをり夏の港に身をゆだねつつ

石なるか小舟なるかをおもふまにたちまち冷えてかはたれとなる

つとめてを湯にし入らむと起きたれば宿の玄関に冬菜届けり

穀霊

最新の版にやうやく除染といふ語を採りこみぬ広辞苑子は

潜水の手だれ金黒羽白らは重なる木の葉の下をも漁る

こゑ交はし大川口をにぎやかに渡るものらは雛をつれをり

思ひ出だしえざりし魚の名のひとつ北枕ふいに立ちあがりきぬ

浮き沈みして流れゆく柳葉は敢へてたとへば群るるいろくづ

屁風情といふ勿れよにうつくしき音色奏づる上物あるに

透かし屁は臭ふといふをわが腹に屁の子があまた騒ぎはじめぬ

肥沃土を日々剥がしをり毒なくばせざらむ除染といふことこれは

風景の骨格著き季来り石の裂け目に木の生ふる見ゆ

U字型に空現れぬ副道を通す工事の覆ひ外れて

石垣のうへは畑か話し声に野菜の種類いくつかまじる

見上げゆく石垣に這ふ蔦の骨は大きなるものの血管なせる

買ひすぎの茄子半分は娘にゆづることにし決めて電話終ふらし

穀霊を宿すは大豆といふなれば節分の豆まづ口に入る

秩父には「借金なし」といはれたる地大豆ありて美味なりと聞く

初午の市に売らるる火伏せ凧は大小どれも炎の色す

時分どきの蕎麦屋にゆるりと酒を飲む時雨の音の止みても出でず

五六日ぶりに庭木に啼きたれば帰りこしもののごとくなつかし

鳥らとてうはの空にて飛ぶことのあるらしひとつふらふらとゆく

こゑ出ださばしはがれてゐむ冬木なる姫沙羅の実の乾び残るは

胡座拱手して辻に立つ古木ありその洞に人は銅貨を供ふ

抽出ゆ肥後守三本出できたり万の草の芽木の芽殺めし

不撓の枝

鶺鴒に道教へ鳥の呼び名あり斑猫《はんめう》のわざに及ばざれども

原酒とてダバダ火振を賜りぬ土佐の荒男の醸せるものぞ

盆栽の松は不撓の幹誇り地に確かなる影を置きたり

土おほふほどに散りたる蕊を掃く人の帽子にまた蕊は降る

旧る幹は芯の疼きに苦しむか腫れものの如き赤き芽を吹く

行く人の髪に触るるは馴れ馴れし木香薔薇は放縦に堕す

羽薄くはたよりなげなれ蝶は蝶なりの影もち庭をし飛べる

わが猫に連行されきて部屋を這ふ蜥蜴はおほく尾を持たぬなり

この草は残さうといひ救ひしにジフニヒトへにむらさきのはな

ときとして私恩私怨をむき出しにせり悪相は隠すすべなく

諫言する人のなからむこと危ふし裸の王は偏狭に向かふ

戦端を探らむばかりのもの言ひをするときの声うは擦りてゐる

固陋にして排他的なるいちにんを煽る者あり打算醜く

幇間の如き議員を煽り立て異見抑圧を指揮するは誰

ベニバナイグチ

いま湾のなかに眩しき点ひとつ高だかと帆を張れるが走る

一昨日の崎も昨日の鼻も波に洗はれゐしがけふはいかなる

この町の一つ目の幸と湯に入れり二つ目の幸は生け簀に潜む

山里の駅舎に生れたるつばくらはまだ海のこと知らざるべけむ

ビー玉のビーはビードロのことにして肥前のひとは省略上手

山かげは八つ手の葉にも石蕗の葉にも蠅ゐて手を揉んでゐる

予約せんひとには烏賊は出さんとよ恨みまするぞ呼子の女将

いちにちを油断せしまに潰えにけるベニバナイグチをしんじつ惜しむ

聞く耳を持たねど口は達者なるもののごとくに画眉鳥啼けり

あの方はムチハチカラと揶揄されてなほ立つてゐる無知をチカラに

病む友を小啄木《こげら》ヤマガラ見舞へかし春の来たるを鶯は言へ

窃盗鳥

芽むしりを免れにたるタラの木が崖の空にし棘の葉を張る

嘆きをぞ救はむとして歌詠みきと佐藤佐太郎述懐したり

自が耳をふるぶるしくもなりぬると詠める茂吉の耳をぞおもふ

休刊日のパロディーなるをある辞書は肝を休むる日としても載す

一書にいふ pitcher plant また言へり catch plant ウツボカヅラを

遠ぞらに窃盗鳥の鳶がをり弁当ひらけばわが上に来も

糸を垂れ正真正銘一匹も釣らず殺生戒を守りぬ

千匹の干せるシラスを買ひにけり一尾も釣り得ぬ浜辺の小屋に

森陰の東屋に吹く人ありてその笛やめば鳥の聞こゆる

二の腕を蚊に刺されたらむ腫れ残す乙女をりをりその紅さする

いろ変はり味の枯れたる味噌よろし胡瓜につけぬままにても嘗む

爪をもてきびなごの腹ひらきゐるかたはらに照る橙一果

灯明の穂はわが吐ける溜息に揺れて供物の蜜柑を赤む

高枝に熟るるは鳥に遣るという母の意知るか朝あさを群る

猫らとて避《さ》らぬ用事をもつらしも時雨のなかに出でゆきにけり

数珠玉は強き草にて川水を打つ寒かぜに青実を鍛ふ

動力にめぐらされゐる流れなれ木蔭に入れば山川の音

没分暁漢《わからずや》

緑濃きは篁ならむそこのみに風は吹きをり谷を隔てて

競馬には正装をしてゆくといふこれの翁に大き幸あれ

粉モンとホルモンのモンは同じにて馬鹿モンのモンは似て非なるもん

没分暁漢の表記頭を去らずけり我をかくいふ人もありなむ

「代々」を掛くるめでたき実のあまた高きひくきに輝くぞよき

寛厳の配置よろしき階段と思へど下りを苦しみにけり

海水に入りゆく真みづはしばらくは緊張の束ほどかず流る

おざなりの煙幕やがて薄らぎてザリガニは尾をあらはにしたり

うばたまに花あり実あり実はいまだ烏羽玉色にほど遠くして

民のいふこど聞がね長《をさ》はゐねがーコゴサヰマスヨ懲ラシメテケレー

憂ひ掃くごとくはげしく朴の葉に降る雨を長くわれは見てゐき

カミナリウヲ

冬雷の時期に獲るゆゑ別名をカミナリウヲといふを炙りぬ

土佐びとの思ひのこもる酒といふ船中八策燗つけて飲む

かつてこの店が毛のある豚足を食はせゐたるを思ひつつ入る

大根は晒さず添へよ銀に光る鯖の腹身がさう言うとるぞ

花金といふ浮薄なる省略語を広辞苑子は採用しつる

就活はあれど同音の終活はまだ広辞苑になしそれでよし

日葡辞書にチボチボといふ言葉あり如何なる謂ひを聞き止めにけむ

型にはめ押し切りたらむ凹と凸に筆順あるは厄介なるぞ

明解に誤用を記す辞書のあり×を付くるは窮極のわざ

鉈豆のかたち

――二〇一六年――

裏庭にけだもの来るといふ人の撮れるに大きアナグマがゐる

ナナフシの擬態見破るかに見えて猫は迷ひの視線を逸らす

逢はざらば思ひ出づるもなからむを互みに詰り合ひたる浮かぶ

ある宵は漣のごとある朝は濃霧めきつつ寂しさは寄る

用なくて乗れる人には吾もまた同じき者と見えてをるらむ

ああここに満身の花に寄る鳥を抱く樹ありしに拓かれにけり

家を洗ふ仕事の話きこゆなり巨大束子の目に浮かび来も

鉈豆のかたちは鉈と詠みにける坪野哲久は鉈持てりしや

とりどりのヘルメットあり鉄兜に似ぬひ弱なるものにてたのし

貰ひたる碇草の白咲きたるを告げむに人の消息失す

町屋根

自らの意思もて野良の道に入りし猫は妖婆となりて出没す

栽培の用語のひとつ間引きをば口減らしにいふ歴史は遺る

橋の上の風に抗ふひとりありその覆面に少したぢろぐ

嘘がかくも信じらるるか猫除けにペットボトルがなるはずなけれ

古書可讀古酒可飲舊友可親《ふみもさけもふるきををしめふるきともとなじむがよし》との扁額古ぶ

町屋根の片面明るし三日ぶりの太陽光はすなはち夕日

鉄材を束ぬるところ人はただ遠隔操作のボタン押すのみ

花冷えを書きし便りを出しにゆく道に雀のこゑ元気なり

普請場

空を向き咲く花にして日翳ればいつせいに閉づ筆竜胆は

この原はわきて目に立つ花もたず風に茅花の波立つるのみ

ひき蛙が咽をうごかし呑んでゐる大き光と涼しき風と

徒雲の消えむを待つか来む鳥を待つかカメラは空を見てゐる

鉾先に団花《たまばな》かざすとき来り一列のネギ月夜に白し

麦一本盆栽仕立てに植ゑられて春かぜのなかに穂を孕みをり

文化としてここちよく世に広まれるフオーク並びにて用を足すかも

普請場に裸火ほそく燃えてをりけむりは人の憩ひの名残

縁《えにし》といふ焼酎なんて照れるねと言ひ飲みあふにじいんと旨し

自らの影を車窓に疎みゐむ老いありきわが顔に似てゐき

ひとに問ふことにはあらじ塵紙に縁どりのあるゆゑよしなどは

国是とて観光をいひ原子力発電をいふに馴染むなく老ゆ

北ぐにゆ来れる列車の屋根に積む雪を撮るとて少年走る

部屋に差す冬陽の帯に三匹が縦にならびて眼を細めをり

ネギ一本豆腐一丁を買ひてゆく媼は胃腸によきを作らむ

鉄棒に足もて下がる少女あり忘れられたる服のごと揺る

おほかたのをみなはわれより大きなる歩幅に石の広場を渡る

池水を皺めて風の吹き下ろす暮れ方ひとは皆去りにけり

飛ぶものは必然として墜つといふ説をにはかに肯ひにけり

干されたるホースの先に光りゐる放水銃はいつ火を撃ちし

蟬ごゑ

母のゐぬ間に熟しゆく枇杷に群るる鳥をし逐はず母に倣ひて

星原といふ村はありうつくしく星ゐる空をいただくならむ

焼酎に梅干しを入れ潰す人のかたへに吾は透明を飲む

深海の面妖なるが旨しとて眼のなき魚をすすめられたり

潮引けばみぎはの岩のあらはれて舟形なるは鳥をし聚む

山水に沿ふ道のべの家にはに青き盥が伏せられてゐる

石みちに落ちくる柿の幼果には甘く育たむ渋のにほへる

猫のゐる庭に下りくる画眉鳥のその無警戒を言にて叱る

四つ辻の町内会の掲示板に切り絵なしけさは蛾のはりつける

わが町に牧あり牛と羊山羊をりて赤牛は乳を搾取さる

佇つわれに馴寄ると見えしがかたはらの栃の幹にて爪研ぎはじむ

文具棚

氷糖の富士をろがみし母おもひつつ雲上に嶺をさがしぬ

ただ一度富士に登りて生ふるものなき石みちに霰に撃たれき

雪掻きを豪雪地にて雪はねといふは一種の方言らしも

筋街を抜け長橋にかかれれば草もみぢはも川原にまぶし

文具棚に筆記具の色ゆたかにて足を留むるに老いらの多き

グッピーは胎生なれば時満ちて光の子をば身より放てり

土あらでも根を張る草に学べとの根性論はもう説くなかれ

国こぞり力のもとに靡くとぞ詠める柴生田稔の嘆き

冬の間を蕾の光る辛夷はも落花の狂騒謀りてをらむ

少年に車内放送真似るあり唄にいはゆる小節きかせて

ナンを焼く竈の内の白き火に料理人はも触れにけらずや

甘噛みを心得てゐむわが猫がメジロ捕りきて庭に放ちぬ

小銭いれに入るる怠り歩めればコイン鳴る音わが身より出づ

なるやうにしかなるまじきをまづ明日の天気を猫のしぐさに卜《ぼく》す

庭隈に明け方の雨の沈みたる砂あり鳥の足あと深し

南天にトビウヲ座あらむこと悲し夜は海を恋ひ光るなるべし

われの書く「子」は「孑孑《ぼうふら》」に似てをゐん毒針を持つ子などをらぬに

窓あけて月見草咲くをいふ妻のこゑにまぎれて蚊が侵入す

猫の後ろ手

兵衛川に沿ひくだりまたのぼりぬと花疲れしたる妻が帰り来

水のこゑに耳傾くる青鷺の貌小一時間見て帰り来ぬ

魚釣る鳥ムシ捕る草はやがてくるヒトの自滅を待ちてをるべし

重き字を負へれど地中の王とゆめおもひゐざらむ土龍叩くな

夕月に照る椿葉をしみじみと見てゐるやうな猫の後ろ手

ガガンボ

尾根道ゆ見おろす花は登り路に仰ぎし朴の大きその花

わが庭に朴のはなびら降るなどは思ひみざりき何の褒美ぞ

遊び終へ山を下りくる老いふたり躑躅の枝を手に折り持てり

柿若葉に隣る孟宗に竹の秋来りその葉のあかるくそよぐ

きのふ見しは山に沈む陽けふ見るは海にし入る日血の色さびし

蚊の母を語源にすらしきガガンボは老いぬるさまにわが部屋を飛ぶ

岩垣に撓ひて咲ける山吹の下照る道に立てば胸晴る

ニリンサウの花を夫婦にたぐへたる唄あり夜の露地にしきこゆ

猫よ汝は毛物の苗ぞ伸びやかにしなやかにあれ和穂《にごほ》のごとく

林を抜け開くるところあかるくて海潮音のはつかに聞こゆ

蕗の薹摘みし野に来て桜の芽を採らむに間あり手ぶらにて帰る

やうやくにウマノスズクサ芽吹きたり鈴なす花のころにまた来む

窃盗はしづかにすすむ無抵抗の桃の果汁を亀虫が吸ふ

この丘に殖えてすがしもたをやかに岡虎の尾の花そよぎつつ

嘴広鸛《ハシビロコフ》よ

そばにゆき「コーよ」と呼びたきすがたなり寂黙の権化嘴広鸛よ

心止《しんど》めといふおそろしき技ためしたり両のかひなに返り香浴びて

棲むものを探らむとして猫の守る土手の地窖にわれもとらはる

闘鶏の蹴爪のかたち幾十も生るをうれしみ鉢に水遣る

いちめんに蓮華草咲く棚田あり蜜蜂のこゑ響かひてゐむ

この丘に殖えてすがしもたをやかに岡虎の尾の花そよぎつつ

一寸の花穂のいまだ色づかねばそれとは分かぬ姫吾亦紅

呼ばれたるかそこに静かに生れたるか茅花にふさふ朝のかぜよ

集落の名に美座《みざ》あり女州《をなす》ありけふは過ぎきて忘らへぬなり

三旬に及ぶ旱を絶つ雨に草木悉皆歓びのこゑ

年どしのことなれ庭にほしいままに盗人萩の茂るを愛す

あきらかに遊戯のときの動きなり鴉は庭にてこきざみに跳ぬ

背伸びして土手の向かうに見る川は鵜が石に並み日を浴びてをり

捨て鉢になるを諫めてむなしかりしことよみがへり我を苦しむ

咲き満つるひまはり畑と境ふなくオホアワダチサウは黄にし咲き満つ

庭木には向かぬとも言ひ向くともいふナナカマドいま街路に紅葉づ

七竈を庭に植ゑぬは七回も身代潰るるを怖るればといふ

生る順を食ふ順として苦瓜を日々に目守れりまもれば愛し

アリの飼ふアブラムシをば蟻牧《ありまき》といふは童画のやうにてよろし

声帯を持たぬものらのしづけさよトカゲなめくぢ苔の上を這ふ

棄てられしもののごとくに古池あり汚濁を好むものは棲みゐむ

鰰《ハタハタ》の鱗よろはぬ無防備を讃へて飲める出羽の旨酒

鮫島　満（さめしま みつる）

「歩道」を経て現在月虹の会代表。日本歌人クラブ会員

歌集
『南蠻煙管』（白玉書房）
『盗人萩』（渓声出版）
『憤怒の花』（短歌新聞社）
『猿捕りイバラ』（短歌新聞社）
『きのこ』（月虹の会）
評論
〈日本の女性史①〉『万葉女百花譜』（櫂書房）
『母をうたへる——近代の歌人たち——』（櫂書房）
『ふる里の味噌はよき味噌——斎藤茂吉の〈食〉の歌——』（いりの舎）
論文
「左千夫と節の足尾銅山鉱毒事件詠」
「鎌田敬止研究」
「短歌に詠まれた関東大震災」
「佐藤佐太郎の新写実への道」ほか

現住所：東京都八王子市寺田町四三二—九一—五

飯塚書店令和歌集叢書——05

歌集『忘《ぼう》憂《ゆう》賦《ふ》』

令和二年三月二五日　初版第一刷発行

著　者　鮫島　満

発行者　飯塚　行男

発行所　株式会社　飯塚書店

http://izbooks.co.jp

〒一一二 - 〇〇〇二

東京都文京区小石川五 - 一六 - 四

☎ 〇三（三八一五）三八〇五

FAX 〇三（三八一五）三八一〇

印刷・製本　日本ハイコム株式会社

ISBN978-4-7522-8125-2